너를 읽고 나는 꽃이 되었다

박지은 시집

어느 겨울 길 위에서 만난
시 한 편은

제게 난로였습니다
행복의 불쏘시개였습니다

어쩌면 우리 살아가는 이 삶이
통째로 시 일지도 모를 일입니다

매 순간이
시 한 줄이고

오늘 하루가
시 한 편일 테니까요

지금 이 순간 당신은
어떤 시를 쓰고 계십니까?

온통 너로

나의 꽃밭이
온통 너로 번지듯이

너의 꽃밭에도
내가 피어 있을까

나의 하늘이
온통 너로 빛나듯이

너의 하늘에도
내가 숨 쉬고 있을까

너의 하루 안에
내가 살고 있을까

나의 하루가
온통 너로 채워지듯이

너를 읽고 나는 꽃이 되었다

너를 읽고
나는 꽃이 되었다

꽃이 되어
그 강가에 피었다

나도 누군가의 가슴에
꽃으로 수를 놓고

흐르는 강물 되어
번지고 싶다

나를 읽고
너도 꽃 피었으면

이 비 그치면

하늘빛을 닮아볼까
바람 내음을 닮아볼까

무엇을 닮고 싶다는 건
내 마음 깊은 곳에
바람이 불어서일 거다

빗소리를 닮아볼까
사랑하는 그대를 닮아볼까

누군가를 닮고 싶다는 건
내 심장 아득한 곳에
비가 내려서 일 거다

이 바람 멈추고
이 비 그치면

그대 닮은 모습으로
나 다시 태어나리라

너를 위해

세상의 고운 말들로
밥을 짓고

세상의 예쁜 글들로
반찬을 만들어

세상의 단 한 사람
너를 위해 밥상을 차린다

고운 말은 시가 되고
예쁜 글은 꽃이 되어

이 세상의 단 한 사람
너를 위해 시집을 펼친다

늦지 않았어

알면서도
말하지 못하고

생각하면서도
행동하지 못하고

느끼면서도
변화하지 못하고

후회하면서도
용기 내지 못하고

그래도 중요한 건
지금도 늦지 않았다는 것

작은 것들에 대하여

작은 눈빛에도
가슴 뛰게 하소서

작은 손 내밂도
알아차리게 하소서

작은 발자국에도
용기롭게 하시고

작은 울림에도
일어서게 하소서

세상의 수많은 기적들은
작은 것들로부터 옵니다

그 작은 것들의 위대함으로
세상은 더 아름다워집니다

흐르는 강물처럼

고요한 강가를
그대와 함께 걷습니다

옷깃에 스며드는 바람 소리
살며시 안기는 햇살의 파편들

푸른 강가를
그대와 함께 걸었습니다

어느새 내 마음은
일렁이는 강물이 되고

기어이
그 한 사람

흐르는 강물 되어
내게로 밀려옵니다

시처럼 살라

시를 읽으면
나는 꽃이 되고

시를 필사하면
나는 노을이 됩니다

시를 사모하는 마음으로
시처럼 살고 싶습니다

무슨 욕심이
더 필요할까요

꽃이 되어 노을이 되어
시가 되어 그렇게 살으렵니다

그대를 사랑합니다

단 한 사람
그대를 사랑합니다

꿈꾸듯 흐르는
그대의 미소를 사랑합니다

단단하면서도 부드러운
그대의 음성을

강인함 속에 빛나는
그대의 자유로움을 사랑합니다

고독하면서도 조화로운
단 한 사람

그대를 사랑합니다

나 그대에게 가리라

내 꿈 안에 사는 그대여
아득한 그대여

나 그대에게 가리라
천천히 스며드리라

보채지도
욕심내지도 않고

나 기어이
그 끝에 닿으리라

우리의 것이기를

우리 살아가며 마주하는
높고 낮은 벽들 앞에

무너지기도 하겠지만
용기도 내어보겠지만

인내하는 마음
나의 것이기를

사랑하는 마음
너의 것이기를

우리 살아가며 알게 되는
삶의 순리 앞에

겸허해지는 마음
기어이 일어서는 마음

다시
우리의 것이기를

꽃을 보며

꽃을 보며 미소 짓는
그대가 꽃이랍니다

꽃을 보며 황홀해하는
그대가 바로 꽃이랍니다

꽃을 보며
꽃 같은 그대 얼굴을 그려봅니다

꽃을 보며
꽃 같은 그대를 더 사랑하겠습니다

귀한 마음

매일매일이
고요할 순 없지만

그 마음 내 하루 안에
피어날 수 있도록

모든 순간들마다
너그러울 순 없지만

그 귀한 마음
내 삶에 흐를 수 있도록

근심 아닌 평정심으로
온전히 나를 채울 수 있도록

인생이란 그런 거야

인생이란 그런 거야
알만하면 내 나이 오십

인생이란 그런 거지
살만해지면 내 나이 육십

왜 눈치채지 못했을까
그랬으면 덜 아팠을텐데

왜 알아채지 못했을까
그랬다면 더 사랑했을텐데

오십줄 들어서니
자식들 싱그러움 마냥 이쁘고

육십줄 맞이하니
눈치 없이 마음만 이팔청춘

인생이란 그런 거야
미리 알면 재미없지

후회없이 살아보는 거야
지금부터가 진짜 내 인생

다시 봄

우리네 인생
봄이었다가

그 봄의
꽃이었다가

무성하던 여름을 지나
가을이 되어서야 알겠네

비움도 채움도
꿈도 사랑도

용기가 필요하다는 걸
침묵이 필요하다는 걸

인내의 겨울을 지나야만
다시 봄이라는 걸

그대 꿈을 가졌는가

꿈 하나 품고 산다는 건
기쁜 일이다

그 씨앗으로
오늘은 감사가 되고

지금 이 순간은
희망이 되니까

꿈 하나 그리며 산다는 건
행복한 일이다

그 푸른 날갯짓으로
더 용기로운 내가 되어

또 다른 내일을 향해
길 떠날 수 있으니까

사치커피

커피 한 잔의 여유와
커피 한 잔의 그리움

커피 한 잔의 낭만과
커피 한 잔의 설레임

그대가 있어 느끼는
커피 한 잔의 사치

살짜기

살짜기 내게로 와준
노오란 봄이

봉긋한 그녀의
마음이 고맙다

그 봄처럼
활짝 웃고 있는

그녀의 목소리가
별처럼 빛난다

그 봄에 내 마음
살짜기 기대어본다

일상의 발견

혼자라고 무조건
외로운 건 아니다

따뜻한 햇빛
고요한 소음들
좋아하는 시집 한 권

그리고 너를 향한
적당한 그리움까지

이 벅찬 충만함은
그 누구도 아닌

내가 발견하는 것

내가 하는 말

내가 하는 말이 모여
내 삶이 됩니다

내가 하는 말이 쌓여
내 미래가 됩니다

긍정의 말로
새 아침을 맞이하고

감사의 말로
하루를 채우겠습니다

내가 바라는 대로
내가 꿈꾸는 대로

내가 하는 말은
내 삶의 또 다른 이정표입니다

서로의 응원단장

조금 더
용기 내야 합니다

한 걸음 더
나아가야 하구요

한 뼘 더 성장하는
내일의 나를 위해

스스로의 한계를
뛰어넘어야 합니다

한 번 더!
다시 한 번 더!

너와 나 우리는
서로의 응원단장입니다

봄 햇살이 되어라

아직 꽃이 피지 않았다면
네가 들꽃이 되어라

아직 꿈을 만나지 못했다면
네가 꿈벗이 되어라

아직 너를 만나지 못했다면
네가 너를 더 사랑하여라

아직 봄이 오지 않았다면
네가 봄 햇살이 되어라

나의 작은 말 한마디

긍정의 말은
나를 빛나게 하고

감사의 말은
나를 행복하게 합니다

공감의 말은
나를 깊어지게 하고

진심의 말은
나를 피어나게 합니다

따뜻한 말은
나를 웃게 하고

행동의 말은
나를 살리게 합니다

나의 작은 말 한마디
삶의 기적을 만드는 마중물입니다

닿인다는 것

닿인다는 것
그 무엇에 닿으려

우리는 얼마나 많은 시간과
손잡아야 하는가

그 마주함을 위해
오롯이 치러내야 할

치열한 인내와 사랑
그 너머의 숭고함에 대하여

지금 이 순간 우리
한 걸음 더 나아가보자

닿인다는 것
그 위대함에 대하여

그 기적으로

무수한 만남들 속에서
기어이 생명을 얻고야 마는
인연이 있습니다

수많은 인연들 속에서
마침내 닻을 내리고야 마는
사람이 있습니다

우연히 마주한 점 하나
선이 되고 면이 되어
내게로 연결되는 거지요

그 한 점을 알아채는 일
그 기적으로 우리는
또 살아지는 겁니다

쉼표가 필요해

사람과 사람 사이에도
말과 말 사이에도
쉼표가 필요해

아주 가끔은
마음에도
쓱싹쓱싹 지우개가 필요해

그 뿐얀 여백에
다시 피어나는
오늘이란 두 글자

새봄처럼

하루 안에도
봄은 있습니다

일주일 안에도
한 달 안에도
그 처음은 봄입니다

시작하는 그 마음
언제나 봄처럼

하루를 여는 마음
늘 새봄처럼

약속

어제의 행복 말고
내일의 행복 말고

지금 이 순간
우리 행복하기로 해요

내 살아갈 이유

아침 햇살처럼
너는 내게로 와
내 삶의 기적이 되고

저녁 노을처럼
너는 내게로 번져
내 살아갈 이유가 되네

자유로운 영혼이여
그 푸르름의 날개짓이여

너의 시선으로
꽃은 다시 피어나고

너의 고요한 숨결로
희망은 다시 강물 되어 흐르네

아름다운 삶의 장면 하나

가까이 있어
소홀하지는 않았는지

바쁘다는 핑계로
잊고 사는 건 없는지

내가 나에게
묻고 답해 봅니다

일상 속 숨어있는 행복
그대가 있어 내 것이 됩니다

아름다운 삶의
장면 하나

우리가 함께 부르는
인생이라는 노래입니다

늘 곁에서 힘이 되어주는 그대
고맙습니다

가난한 마음에도 꽃은 피어나고

가난한 마음에도
꽃은 피어나고

비좁은 마음에도
바람 불어옵니다

행여 그 걸음 더딜지라도
그 바램 잊히더라도

기다리는 마음
나의 것이어야 합니다

애닯은 마음
그 너머의 봄

기어이
오고야 말 테니

그리움의 유통기한

너를 향한
내 그리움에는
유통기한이 없다

백 만년이 지나도
변함없을 테니까

그 그리움에
별은 뜨고 지고
꽃은 또 피고 지고

봄 편지

어느 날 문득
이 사람 생각이 나거든

어느 해 봄처럼
꽃비 내리는 날 오거든

보고픈이여
망설이지도 마시고

그리운이여
애써 참지도 마시고

그 마음 고이 접어
바람결에 보내주오

그대만을 향한 내 사랑으로
수를 놓고 싹을 틔워

꽃나비 되어 날아갈 테니
봄 편지 되어 찾아갈 테니

그냥

그냥
좋은 거다

때문에
좋은 게 아닌

그냥
봄이라서

그냥
너라서 좋은 거다

멀미약

하늘도 그대로이고
바람도 그대로인데
내 마음만 그네를 탄다

바다도 그대로이고
파도도 그대로인데
내 마음만 멀미를 한다

누가
멀미약 좀 사주었으면

너로 인해

너로 인해
계절은 바뀌고
봄은 찾아온다

너로 인해
세상은 빛나고
꽃은 피어난다

그런 너로 인해
내가 산다

고쳐줄 거지?

글 한 자락에
눈시울은
왜 붉어져

노래 한 소절에
주책없이 가슴은
왜 또 뜨거워지는 거야

그대 향한 마음 꼭지
아마도 고장 났나 봐

고쳐줄 거지?
고쳐줄 거지?

푸른 등대가 되어야지

내가 먼저
푸른 바다가 되어야지

그대라는 돛단배
띄울 수 있도록

내가 먼저
푸르른 밤이 되어야지

사랑하는 그대
별처럼 빛날 수 있도록

푸른 바다가 되어
푸르른 밤이 되어

그대 내게로 오는 길
환히 밝혀줄
푸른 등대가 되어야지

첫 마음

진실한 마음
나의 것이고

진심어린 마음
너의 것이라면

사람과 사람 사이에도
꽃은 핀다

삶과 삶 사이에도
강물은 흐른다

그 첫 마음
우리의 것이라면

그대라는 시

가슴 속에 품고 사는
시 하나 있습니다

백 번을 읽어도
새롭고

천 번을 되뇌어도
설레이는
시 하나 있습니다

내 하루 안에서
피고 지는 꽃

그대라는
시 한 송이 있습니다

좋아하는 이유

좋은 글은
나를 되돌아보게 하고

예쁜 생각은
나를 미소 짓게 합니다

힘찬 다짐은
나를 일어서게 하고

좋은 시는
다시 나를 꿈꾸게 합니다

이것이 바로 내가
시를 좋아하는 이유입니다

그리움은 꽃이 되어

그리움은 꽃이 되어
피고 지고

너를 향한 내 그리움은
계절도 없다

머문다는 것에 대하여

머문다는 것에 대하여
한참을 서성여 봅니다

시선이 머물 테지요
좋아하는 그 사람

생각이 머물 테지요
사랑하는 그 사람

새로워진다는 것에 대하여
오래 머물러 봅니다

어제도
오늘도 나는

그대로 인해
이만큼 더 새로워졌습니다

늦게 피어난 꽃

원하든 원하지 않든
살아야만 하고

또 살아지는 게
우리네 인생 아닐까

기어이 피워낼 꽃이라면
이왕이면 나답게 피어나자

스스로의 틀 안에 갇혀
허우적거리지 말고

쓸데없이 남 눈치 보느라
애태우지도 말자

늦게 피어난 꽃이
더 가슴 벅차게 아름답다

위로

너로 인해
다시 희망을 심고
꽃을 피운다

나로 인해
푸른 날개 퍼덕이며
다시 날아오르기를

너의 위로로
내가 살 듯이

이런 나의 말들이
부디 너에게 닿아주기를

깊은 인생

하루를 살아도
깊이 살라 하시네

순간을 살아도
고요히 살라 하시네

남의 시간에 쫓기지 말고
그렇게 성내지 말고

내 마음과 눈 맞추고
내 호흡에 집중하면서

하루를 살아도
저 강물처럼
깊게 흐르라 하시네

한 발 한 발

산도 바위도
나무도 바람도
모두가 그대로더라

변한 건 그 무엇도 아닌
바로 나 자신뿐이더라

글로 말로만 외쳤던
한 발 한 발의 힘

그 고요함이
그 위대함이
나를 향해 웃고 있더라

침묵

때로는 말 없음 또한
사랑이었노라고

지긋한 침묵의 끝자락에
정녕 네가 있었노라고

너였기에
너여야만 했기에

나는 오래도록 웃으며
침묵할 수 있었노라고

그 기다림으로 인해
더 사랑할 줄 아는 내가 되었노라고

끝과 마주하라

알고 보면
새로운 시작은 없는 것

끝에 닿아본 자만이
다시 떠날 수 있는 것

끝을 동경하는 자만이
다시 일어설 수 있는 것

끝과 마주할 용기있는 자만이
다시 꿈꿀 수 있는 것

알고 보면 새로운 끝이
그 출발점이라는 것

조화로운 인생

내 것이 아닌 것 대신
이미 내가 가진 것에 감사하자

죽은 시간에 살지 말고
펄떡이는 지금 이 순간을 살자

소중한 것은 대단하지도
화려하지도 않는 법

그 어떤 것도 당연한 것은 없다
익숙함에 길들여지는 것을 경계하자

아름답고 조화로운
너와 나의 인생을 위하여

참 고맙다

불쑥 찾아온
반가운 이 계절처럼

시 한 편이
내 비좁은 마음에 노크를 한다

똑 똑 똑똑
잘 살고 있었나요?

괜히 미안해서
지그시 웃고만 있는 나

그런 나에게 시 한 줄이 말한다
보고 싶었노라고…

다시 일렁이는
낯선 설레임이

참 고맙다

선택

나의 마음은
내가 선택하는 것

나의 시간은
내가 선택하는 것

나의 태도는
내가 선택하는 것

나의 선택이
나의 오늘이 되지 않도록

행복한 고자질

퇴근길 배달된
딸램의 카톡 한 줄에

제 마음도 덩달아
하늘빛입니다

살구색 노을에 눈길 머문
열아홉 살 소녀의 마음이 고맙고

그 찰나의 순간에
엄마를 떠올려준 정성이 기특합니다

지금까지 마흔아홉 살 엄마의
행복한 고자질이었습니다

가장 나다울 때

때로는 낯선 곳에서
새로운 나를 발견하기도 하지

때로는 익숙한 곳에서
또 다른 나를 발견하는 것처럼

무엇보다 중요한 건
그 누구도 아닌

나와 눈 맞추고
내 마음의 소리에 귀 기울이는 것

가장 나다울 때
행복한 나를 만날 수 있을 테니까

편지

어느 노시인의 시를 핑계 삼아
그대에게 안부를 묻는다

잘 지내시지요
저도 잘 지낸답니다

저녁놀 선명하게 번질 때면
생각이 나더라고

꽃이 질 때쯤이면
사무치게 그립더라고

햇살은 우표 되고
바람은 우체부 되어

시가 된 그리움으로
그대에게 편지를 쓴다

내가 먼저 사랑이 되어야지

우리 같이 걸어가는 길
늘 꽃길일 순 없지만

우리 함께 살아가는 인생
늘 기쁨일 순 없지만

그늘 속에서 바라보는
햇살이 더 찬란하듯이

눈물 속에서 발견한
행복이 더 소중하듯이

내가 먼저
햇살이 되어야지

내가 먼저
행복이 되어야지

그대를 위해 기도하는
내가 먼저 사랑이 되어야지

그리운 사람으로 살아가자

아주 가끔은 우리
생각나는 사람으로 살자

조금 바쁘더라도
잠시 쉬었다 가자

동트는 새벽도 만나보고
찬란한 저녁놀에 물들어도 보자

아주 가끔은
너와 나

커피향처럼
그리운 사람으로 살아가자

상처에 핀 꽃이 더 아름답다

칼에 베인 상처보다
말에 베인 상처가
더 아플 때가 있습니다

말에 베인 상처보다
글에 베인 상처가
더 오래갈 수도 있습니다

그 상처에 진물이 마르고
꽃잎 같은 딱지 앉으려면

미안합니다
고맙습니다
사랑합니다

이 진심 어린 말 한마디면
충분하지 않을까요

상처에 피어난 꽃들이
그 꽃 피워낸 그대가 더 아름답습니다

한 사람

사랑은 넘쳐서도
모자라서도 안 되는 것

적당히 침묵하고
때로는 기다려주는 것

그리고
가끔은 뒤돌아 볼 것

말없이 웃고 있는
그 한 사람을 위해

사랑도 그리움도

사랑도 그리움도
내가 만들어 가는 것

바쁘다는 핑계로
힘들다는 푸념으로

내 하루 안에서
잊혀지면 안 되는 것

사랑도 그리움도
연습해야 하는 것

바빠도 사랑하고
힘들어도 그리워하고

매일 매일 손 잡고
함께 걸어가야 하는 것

내 마음의 꽃

사랑은 그리움은
누군가가 대신해 주지 않아요

표현해야 하고
공감해 주어야 하며

스며들어야 하고
내가 스스로 발견해야 해요

그래서가 아닌 그래도로
때문에가 아닌 그럼에도 불구하고로

시들어 있는 내 마음의 꽃
다시 피워보기로 해요
활짝

삶은 여행이다

우리 삶의 무게가
여행자의 배낭처럼
느껴지는 건 왜일까요?

반복되는 일상 속
모퉁이마다 만나야 하는
낯선 사람들과 낯선 감정들

그 앞에서 우리는
담대해져야 합니다
더 새로워져야 합니다

약해지고 작아지려는
나의 민낯들을
잘 보듬어 손잡고 나아가야 합니다

함께 있어도 혼자일 수 있고
혼자 있어도 함께일 수 있는
그대의 삶을 응원합니다

조금씩 조금씩 꾸준히

한 글자 한 글자
또박또박 읽어 봅니다

한 줄 한 줄
천천히 되내어 봅니다

한 문장 한 문장
정성스레 품어 봅니다

게으르고 무뎌져 보이지 않던
한 사람이 보입니다

어슴프레 잊고만 살았던 내가
나를 보며 가만히 웃고 있습니다

'조금씩 조금씩 꾸준히'
보약 같은 이 한 줄 덕분입니다

이제 나아질 일만 남았습니다
'조금씩 조금씩 꾸준히'

〈박노해 시인의 '조금씩 조금씩 꾸준히' 시를 읽고 쓰다〉

나를 사랑한다

과거의 나를 사랑한다
상처투성이
실수투성이의 나였지만

시간의 되새김질 속에서
단단해지고 둥글어질 수 있었으니까

현재의 나를 사랑한다
감사투성이 행복투성이의
나를 만났으니까

시간의 나이테 속에서 넉넉해지고
더 아름다워질 일만 남았으니까

뜨겁게 살라

뜨겁게 침묵하라
때로는 고요함이 최고의 외침이다

뜨겁게 배우라
대충 배울 거면 시작하지 마라
어설프게 피어나는 꽃은 없다

뜨겁게 사랑하라
마음도 몸도 부지런해지자
오늘이 가장 젊은 날이다

뜨겁게 살라
미지근한 인생은 맛이 없다

뜨거워질 수 있는 용기만이
꿈꾸던 내일을 선물해준다

토닥토닥 참 고맙다고

예전엔 들리지 않던
주름진 목소리가 들린다

낡고 바랬지만 윤기나는
그 무엇들이 내게 말을 걸어온다

잘 버텨줘서 고맙다고
먼 길 돌아오느라 애썼다고

천천히 걷는 걸음만큼
생각도 행동도 느려졌지만

예전엔 보이지 않던
키 작은 꽃들이 보인다

시간과 시간 사이에도 그렇고
사람과 사람 사이에도 그렇고

내가 나에게 말을 건넨다
토닥토닥 참 고맙다고

지금 말하세요

그대의 목소리를
아끼지 마세요

사랑한다고 좋아한다고
지금 말하세요

그대의 진심을
아끼지 마세요

괜찮다고 수고했다고
지금 말하세요

사소한 고백이
용기있는 순간이 모여
특별해집니다

일상 속 작은 행복
아끼지 마세요

그 무엇보다
그대의 미소를

꽃처럼 시처럼

꽃처럼 살아야지
시처럼 살아야지

어제는 꽃처럼
오늘은 시처럼
내일은 너처럼

꽃처럼 웃고 있는

세상 참 신기하지
완벽한 사람보다
조금은 어설픈 사람이 좋더라

세상 참 살맛나지
천 길 낭떠러지인 줄 알았는데
다시 희망의 새 길은 열리더라

세상 참 오묘하지
모두 틀렸다고 말해도
꼭 한 사람 내 편은 있더라

눈 한 번 질끈 감고
심호흡 한 번 크게 하고 나면
그까짓 것 아무것도 아니더라

세상 참 아름답지
고개 들면 꽃처럼 웃고 있는
내가 있고 네가 있더라

꽃이고 별이고 사랑이다

너는 내게
꽃이고 별이고 사랑이다

너는 내게
하루이고 일 년이고 매 순간이다

꽃 같은 너로 인해
감사의 새벽은 밝아 오고

인내의 강은 흘러
세상은 축복이 된다

별 같은 너로 인해
어제보다 오늘보다

더 사랑할 줄 아는
내가 된다

네가 있기 때문이야

거친 바람 속에서
높은 파도 위에서

마냥 흔들리면서도
웃을 수 있는 건
네가 있기 때문이야

천천히 따뜻하게
조곤조곤 일러주는 네 눈빛

단단하게 자리 잡은 마음의 추
그 중심에
네가 있기 때문이야

너는 나의
기쁨이기 때문이야

시

세상은
온통 시투성이

꽃도 계절도
바다 같은 그리움도

별도 사랑도
우주 같은 문장들도

삶도 인연도
시를 닮은 그대까지도

충분해

아주 가끔은
흔들려도 괜찮아

살아있어 느끼는
최고의 선물이니까

멈춤의 순간을
알아채는 일

그것만으로도
충분해

그냥 피어나는 꽃은 없습니다

그냥 피어나는 꽃은
없습니다

먼저 내미는 손
먼저 낮아지는 마음

먼저 다가가는 용기
먼저 표현하는 사랑

내가 먼저
의미를 부여할 때

이 세상 모든 것은
꽃이 되어 내게로 옵니다

사치커피 2

그대와 함께라면
커피 한 잔도 내게는 사치

나를 위한 소중한 사치
사랑하는 그대와 함께라면

나만의 길

내가 원하는 것
내가 진짜로 원하는 것은
그냥 주어지지 않는다

숱한 불면의 밤과
무수한 시행착오와
거대한 사색의 숲을 지나

그 너머
또 그 너머에서
기다리고 있을 테니까

내가 원하지 않는 것
내가 가짜로 원하는 것을
알아챌 줄 아는 용기
나의 것일 때

비로소 열린다
또 다른 나만의 길

예전엔 미처 몰랐네

예전엔 미처 몰랐네
너무 강해도 멀미가 나고
너무 두려워해도 멀미가 난다는 것을

이만큼 살아보니 알겠네
너무 가까워도 외롭고
너무 빼곡해도 외롭다는 것을

꽃도 사람도
적당히 져줄 줄도
잘 외로울 줄도 알아야 한다는 것을

꽃도 사람도
어울려 피어야 하고
더불어 사랑해야 한다는 것을

마음의 온도

하루를 시작하는
내 마음의 온도는 몇 도일까

아마도 차갑거나
미지근하거나
기껏해야 36.5도쯤

나 아닌 그 누구에게
뜨거운 연탄까진 아니더라도

따뜻한 말 한마디
먼저 내미는 손
나의 것이기를

서로 믿어주는 마음
그리고 꺼지지 않는 사랑의 불씨
우리의 것이기를

청춘

피어나는 꽃은 아름답지만
지는 꽃은 황홀하더라

피어나는 청춘은 눈부시지만
지는 청춘은 눈물나더라

우리네 인생
꽃과 같아서

꽃처럼 피고
또 지는 거라서

피고 지는 꽃도 아름답지만
지고 피는 청춘은 더 황홀하더라

오늘의 나로

오늘의 강물 위에서
어제의 노를 젓지 말 것

오늘의 길 위에서
어제의 나그네를 떠올리지 말 것

꼭 기억해야 하는 건
어제의 내가 아닌

오늘의 나로
살아야 한다는 것

그래서 어제의 나보다
더 고요해져 있을 것

그대에게 가는 길

늘 새로운
그대에게 가는 길

늘 꽃길일 순
없지만

늘 꽃 같은
그대에게 가는 길

삶이란

당연함 속에 숨어있는
일상의 기적들을 놓치지 말자

단순한 반복의 시간들을
무료함이라든가
따분함 쯤으로 단정 짓지는 말자

늘 부여잡고
눈 맞출 수는 없지만

가끔은 그 무료함에 숙연해지는
나를 발견해보자

삶이란
그 익숙한 당연함으로
살았고 살고 살아가게 되는 것임을

사랑이었음을

한껏 어설펐던 고백도
사정없이 휘몰아치던
성난 그리움도 사랑이었네

어쩌다 문득 마주했던
고요한 성찰의 시간들도

온통 찬란하여서
뒷걸음치던 그 순간도 사랑이었네

이제야 알겠네
나를 이곳까지 데려다 준 것은
그 무수한 사랑들이었음을

넉넉한 이 나이 되고서야
비로소 알겠네

익숙한 듯 때로는 낯설게

예전에 읽었던 시집을
다시 펼쳤다

어느 날엔
스치듯 달아났던 시가

또 다른 어느 날
슬며시 내 마음에 들어와

툭 툭툭´
말을 건넨다

시도 사람도
지금 이 순간도

다시 마주 앉는다
익숙한 듯 때로는 낯설게

꽃처럼 피고 지는

시가 뭐 따로 있나
하루하루 살아가는
우리네 삶이 시일 테니까

차곡차곡 세월의 시가 쌓이면
문득 누군가에 의해 읽히는 거겠지

끝끝내 혼자만의 시가 되어도 좋을
그리 섭섭하지 않을 용기
나의 것이라면 기쁘겠다

시인이 뭐 따로 있나
꽃처럼 피고 지는 너와 나
우리들이 바로 시인일 테지

내가 좋아하는 사람

목 끝까지 채운 단추보다
무심하게 열려있는 셔츠가 멋있다

가끔은 알싸한 땡초맛을
기억해내는 사람

평범한 마음 한 켠에
한 평짜리 꽃밭이 자리 잡고 있는 사람

문득 그리움 사무칠 때면
시 한 줄 품을 줄 아는

거친 말투가 아닌
아름다운 말씨가 어울리는 사람

정면이 아닌 옆 모습을
볼 줄 아는 그대가 참 근사하다

채송화처럼

오늘 아침 문득
채송화 꽃밭이 보고 싶습니다

인간들의 세상에 내려앉은
천사들의 미소

영롱하게 속삭이던
마법의 주문을 다시 떠올려봅니다

'명랑하게
밝게 살아라'

'아름답게
환하게 살아라'

오늘 하루도 채송화처럼
잘 살아야겠습니다

제비꽃

허리를 낮춰야만 보이는
자줏빛 꽃

온 우주를 품고도
안 그런 척 시치미를 떼고 있는
자줏빛 꽃

땅하늘에 별처럼 빛나는
자줏빛 꽃

아무리 메마른 가슴이어도
기어이 스며들고야 마는
자줏빛 꽃

내가 사랑하는
너를 닮은 자줏빛 꽃

겨울 사랑

봄 같은 사랑 말고
여름 같은 사랑 말고

가을 같은 사랑
찾아올 때쯤

그런 사랑에
우리 물들어 있을 때쯤

깊고 은은하게
맑고 고요하게

겨울 햇살처럼
우리 닮아있을 때쯤

참 좋구나

세상은
내가 주는 눈길만큼

내가 다가가는 걸음만큼
내 것이 되는구나

마주하는 거리가 가까울수록
바라보는 눈빛이 간절할수록

들으려는 마음이 진실할수록
내게로 오는 거였구나

세상은
참 아름답구나

그 아름다운 세상
보고 듣고 느낄 수 있어
참 좋구나

바램

거창하진 않아도
맑고 진실한 눈빛 하나
보낼 줄 아는 나이기를

어설프더라도
용기로운 발자국
기꺼이 감내하는 너이기를

그런 너와 내가
이 세상을 살았고
살고 살아갑니다

아끼고픈 사람

아끼고픈 말이 있습니다
아끼고픈 마음이 있습니다
아끼고픈 순간이 있습니다

아끼고픈 그 무엇들을
미련 없이 후회 없이
다 보여주고 싶은 그대가 있습니다

아끼고 아끼고픈 단 한 사람
그대가 있습니다

나의 다짐

내가 낮아져야만
보이는 것들이 있습니다

내가 사랑해야만
다가오는 것들이 있습니다

내가 용기 내야만
시작되는 것들이 있습니다

내가 꾸준해야만
만나지는 것들이 있습니다

나의 마음과 더 친해지고
나의 행동에 더 진실해지겠습니다

이것이 오늘 하루를 시작하는
나의 다짐입니다

가을에는 너를

가을에는
시를 쓰고 싶다

혼자 보기 아까운
하늘도 모셔오고

함께 느끼고 싶은
바람도 담아보고

가을에는
너를 읽고 싶다

잡힐 듯 잡히지 않는 너를
내 안에 가두고 싶다

나비처럼 꽃잎처럼

나비 같은 말로
서로 위로 받고

꽃잎 같은 글로
서로 용기 주자구요

조금씩 양보하면서
때론 기다림도 필요할 거예요

나는 네가 되어 보고
너는 또 내가 되어보는 마음

그 마음 하나면
충분할 테니까요

성찰

푸른 새벽부터
하얀 별이 뜨는 밤까지

나는 무엇을 창조했는가
어떤 흔적을 남겼는가

때로는 강렬하게
때로는 고요하게

신념과 선택 앞에
흔들림은 없었는지

감사와 존중으로
충만한 삶이었는지

말하는 대로

선한 마음이여
바람처럼 불어오라

어진 마음이여
파도처럼 밀려오라

고운 마음이여
꽃이 되어 피어나라

조화로운 마음이여
빛이 되어 내 안에 번져라

이런 귀한 마음
태산처럼 밀려와

나 또한
푸르른 산이 되게 하라

동계 맨발걷기 100일 프로젝트

그 누구도 아닌
나와의 약속이었다

1일이 10일이 되고
10일이 100일이 되는

도전과 성취의 시간들을
기어이 이겨내고야 만

나 자신에게 그리고
교우님들에게 박수를 보낸다

맨발걷기를 시작한 지
어제부로 365일이 되었다

이제는 도전이 아닌
일상이 되어버린 맨발걷기

비가 오나 눈이 오나
함께 걸어주고 응원해주신

포항맨발학교 교우님들에게
감사와 존경의 마음을 전한다

가을의 기도

가을에는 낮아지게 하소서
그 겸허함
더 빛날 수 있도록

가을에는 마주앉게 하소서
서로의 온기
더 전할 수 있도록

가을에는 떠나게 하소서
꿈꾸는 마음
더 비상할 수 있도록

가을에는 춤추게 하소서
뜨거운 열정
더 피어날 수 있도록

이 모든 바램
너와 나
우리의 것일 수 있도록

성장통

문득 마주하는 글귀에
흠칫 놀랄 때가 있다

마음을 들킨 듯하여
내 진심 알아주는 듯하여

그런 거였구나
그래그래 그런 거였어

우리는 언제쯤
크는 것을 멈출 수 있을까

아주 나지막이 들려오는
어느 시인의 목소리에

다시금 활짝 웃어보는
지금 이 순간이다

길을 나서라

그대여 무엇을 원하는가
무엇을 꿈꾸고 상상하는가

그대 안에 잠든 거인을 깨워
간절함의 갑옷을 입혀라

이제 그 꿈과 손잡고
승리의 길을 나서라

나는 행복한 사람입니다

나는 행복한 사람입니다

깊어지는 하늘처럼 푸르고
호수같이 고요한 그대를
내가 사랑하니까요

춤추는 들꽃처럼 기쁘고
햇살같이 환한 그대를
내가 더 그리워하니까요

이런 귀한 마음
내 것일 수 있어 감사하고

그 마음 전하고픈 소중한 사람이
바로 그대이니까요

내가 사랑하고
그리워하는 단 한 사람
그대가 있으니까요

나는 참 행복한 사람입니다

그대에게 가는 길

길 하나
그려야겠습니다

그 길로 가는
창문 하나 내어야겠습니다

내 비좁은 마음에
햇살도 비춰주고

흔들리는 마음에
등대도 되어 주는

그대에게만 열리는 창문 하나
활짝 열어야겠습니다

내 삶의 이유

수많은 단어와
무수한 문장들이 있다 해도

내 속에 스며들어
내 심연을 흔들어 깨우는

시 한 줄이 그립습니다
시 한 편에 애가 탑니다

고요하면서도 강인한
날카로우면서도 부드러운

일상 속에 유영하는
시의 지느러미를 알아채는 일

남은 내 삶의 이유가 되기를
그 환희로 살았고 살아지기를

하루의 강

넘치지도
모자라지도 않게

네모나지도
너무 둥글지도 않게

그렇게 하루의 강을
건널 수는 없을까

완벽함 속에
나를 구속하지 말고

솔직함 앞에
움츠러들지 말고

사라진 원칙이지만
타협하지 않으면서

조금 더 나답게
웃을 수 있다면

위대하진 않아도
우린 그저 보통의 사람

충분합니다

가난한 마음에도
꽃은 피어나고

비좁은 마음에도
바람 불어옵니다

쓸쓸해지면
그대 생각은 햇살이 되고

보고 싶을 땐
그대 미소 한 조각 띄워봅니다

그것만으로도
충분합니다

작은 말 한마디가 꽃입니다

그립던 친구에게서 걸려온
전화 한 통

아무리 바빠도 부모님께 드리는
안부 전화

직장동료가 슬며시 건네주는
커피 한 잔

언제나 내 편인 분들께 전하는
감사해요

조금은 지친 내가 나에게
할 수 있어

열심히 살아가는 우리 모두에게
토닥토닥

작은 말 한마디가 꽃입니다
작은 행동 하나가 꽃을 피웁니다

내가 먼저 의미를 부여할 때
이 세상 모든 것은

꽃이 되어
다시 내게로 옵니다

내게로 왔다

저녁이 번질 때쯤
내게로 왔다

시린 노을이 되어
푸르른 석양이 되어

먹먹한 그리움의
날개를 접으며

너는 그렇게
내게로 왔다

뭉툭하게

날카롭지 않게
부드럽게

모나지 않게
둥글게

혼자가 아닌
우리 함께

인생도 마음도
뭉툭하게

예쁜 그대

향기가 되는 말
미안해요

꽃이 되는 말
고마워요

열매가 되는 말
사랑해요

예쁜 말로
예쁜 마음으로

예쁜 그대를
더 사랑하겠습니다

오래된 것들의 비밀

오래된 것들의 미소를
기억하게 하소서

오래된 것들의 숨소리에
귀 기울이게 하소서

오래된 것들의 비밀을
알아채게 하소서

오래 되어서 감사한
사람이 그러하듯이

오래 되어서 아름다운
우리네 삶이 그러하듯이

마법의 주문

보이는 것
그 너머의 것을 보아라

말하는 것
그 너머의 것을 들어라

느끼는 것
그 너머의 것을 상상하여라

시선에 집중하고
대화에 몰입하고
감동을 발견하여라

내가 나를
더 치열하게 탐구하고
꿈꾸고 사랑하여라

고요함에 대하여

혼자 있어도 외롭지 않기를
같이 있어도 공허하지 않기를

혼자 있어도 가득하고
같이 있어도 넘치지 않기를

혼자 있어도 고요하고
같이 있어도 자유롭기를

혼자만의 여백으로도
더 충만해지는 우리이기를

그리움도 사랑도

그리움도 사랑도
놓치지 말아라

눈에서도 마음에서도
멀어지지 말아라

하늘을 다 가리고도
남았을 그리움이었다

참 빼곡하였을
사랑이었다

떠난다 하여도
울지 말아라

다시 봄은 오고
꽃은 피어날 테니

오늘도 사랑하겠습니다

당연한 사랑은 없습니다
당연한 사람만 있을 뿐입니다

당연한 기다림은 없습니다
당연한 그대만 있을 뿐입니다

당연한 내일은 없습니다
당연한 오늘만 있을 뿐입니다

당연한 단 한 사람
그대를

오늘도
사랑하겠습니다

내 인생의 화가가 되자

긴 호흡으로 제대로 걷자
빨리의 늪에 빠지지 말고

먼 시선으로 미래를 보자
현재에 갇히지 말고

남의 호흡 대신
내 호흡으로

남의 시선 대신
내 시선으로

나다움의 붓으로
내 인생의 화가가 되자

느림의 미학

때로는
멈춤도 필요해

내 마음의 신호등을
알아채는 일이니까

삶은
비움과 채움의 연속

조금은 느려도 좋을
오늘이니까

나만의 커피

너는
찐한 에스프레소

어제는
달콤한 카라멜마끼아또

오늘은
친구 같은 아메리카노

내일은
어떤 커피일까

너는 커피
나만의 커피

더 나답게

어제의 나보다
고요하게

오늘의 나보다
윤기있게

내일의 나는
단단하게

겉도 속도 아름답게
더 나답게

커피 한 잔

커피 한 잔 앞에 두고
창가에 앉았습니다

하늘도 적당하고
바람도 적당하고

너를 향한
내 그리움도 적당하여서
시를 씁니다

그렇게
너를 마십니다

그대 생각

오늘따라 그대 생각
오래도록 내려 앉았습니다

밤하늘의 별빛처럼
햇살 아래 들꽃처럼

푸른 바다의
흰수염고래처럼

그대 생각
오래도록 내려 앉았습니다

오늘은 쉬이
잠들지 못할 것 같습니다

청소하기 좋은 날

볕 좋고 바람 적당한
오늘은 청소하기 좋은 날

어지러운 책상 서랍도
켜켜이 쌓인 먼지도

말끔히 털어내고
걸레질하기 딱 좋은 날

이참에 내 마음도
찬물에 헹궈내야지

볕 좋은 빨랫줄에서
환하게 웃어봐야지

오늘은 청소하기
딱 좋은 날

네가 있어 참 좋아

나를 나답게 해주는
네가 있어 참 좋아

걱정 잊게 해주는
용기 낼 수 있게 해주는
네가 있어 참 좋아

시린 마음 어루만져 주는
일상의 소중함 일깨워 주는
네가 있어 참 좋아

멈춤 보다는 흐름으로
곧음 보다는 유연함으로

이 모든 마음
내 것일 수 있게 해주는
네가 있어 참 좋아

풍경 속에 네가 있다

오롯이 너란 존재로 빛나는
푸른 별을 닮은 네가 있다

온전히 내 마음을 차지해버린
푸른 꿈을 품은 네가 있다

별은 점점 더 여물어가고
꿈은 점점 더 선명해지고

푸르른 너는 점점 더
깊어지고 또 깊어질 테지

풍경 속에 네가 있다
시리도록 빛나는 사랑이 있다

가을입니다

친구가 그리운 계절
가을입니다

봄 같은 친구보다
여름 같은 친구보다

가을 같은 친구가
옆에 있었으면 좋겠습니다

급하지 않게 천천히 물드는
저 나무처럼

변함없이 제자리를 지키는
저 강물처럼

고요하지만 치열하게
조금 늦더라도 정성스럽게

살아내는 친구가
옆에 있었으면 좋겠습니다

그런 친구를 마음껏 그리워해도 되는
이 가을입니다

너에게로 또다시

보고 싶다는 건
들꽃과 눈 맞추는 일

사랑한다는 건
바람에 몸을 맡기는 일

그립다는 건
너에게로 또다시
강물되어 흐르는 일

여백

시 쓰고픈
풍경이 있다

바람소리는 그리움으로
햇살 한 줌은 사랑으로

이름모를 풀꽃은
희망의 노래로

그리고도 남는 여백에는
너를 향한 내 마음 전부

보고 싶다

우리
미루지 말아요

사랑은 우정은
지금 바로 전하는 것

보고 싶다
네 글자면 충분한 것

나의 아이야

지금 힘들다면
잘하고 있는 거란다

지금 외롭다면
분명 성장 중인 거란다

지금 행복하다면
정말 지혜로운 거란다

지금 고요하다면
이제 넌 어제의 네가 아닌 거란다

한 발 한 발
간절함의 옷을 입은 너를 응원한다

하루 하루
성실함의 신발을 신은 너를 사랑한다

너는 지금 모르지만
너의 때가 저만치 오고 있는 거란다

사랑일 거야

시 쓰고픈
봄 날이었어

꽃잎으로 수놓아진
여백의 너를 만났으니까

누군가에게
배경이 되어줄 수 있다는 건

축복일 거야
분명 사랑일 거야

핑계

꽃잎은 떨어져서도
시가 되네요

떨어진 꽃잎을 핑계로
안부 묻습니다

잘 지내나요
그대

나의 사랑은

나의 사랑은
바람에 안기는 그리움

나의 사랑은
한낮에 떠오르는 달빛이랍니다

나의 사랑은
사막에 피어나는 꽃

나의 사랑은
끝내 부치지 못한 편지랍니다

나의 사랑은
나의 사랑은…

내가 살아가는 이유

시는 위로다

시는 치유이며
내 그리움의 자서전이다

너를 읽고
나를 쓴다

내가 살아가는 이유
나의 시는 바로 너다

시, 여미다064

너를 읽고 나는 꽃이 되었다

초판 1쇄 인쇄	2024년 10월 4일
초판 1쇄 발행	2024년 10월 22일

지은이	박지은

펴낸이	이장우
책임편집	송세아
디자인	theambitious factory
편집 제작	안소라 김소은
관리	김한다 한주연
인쇄	KUMBI PNP

펴낸곳	도서출판 꿈공장플러스
출판등록	제 406-2017-000160호
주소	서울시 성북구 보국문로 16가길 43-20 꿈공장 1층

이메일	ceo@dreambooks.kr
홈페이지	www.dreambooks.kr
인스타그램	@dreambooks.ceo

전화번호	02-6012-2734
팩스	031-624-4527

이 도서의 판권은 저자와 꿈공장플러스에 있습니다.
이 책은 저작권법에 의해 보호받는 저작물이므로 무단전재와 무단복제를 금합니다.

일부 맞춤법 및 띄어쓰기의 변형은 저자 고유의 글맛을 살리기 위함입니다.

ISBN	979-11-92134-80-2
정가	13,800원